地下水道

地下水道・目次

カバー写真　白汚　零
扉写真　有松　紀子

地下水道

*

君に

君に
ロマンのある話をしてあげよう

たとえば
パリの下水道
傷ついたマリユスを背負って
バリケードの築かれた街区から脱出する
ジャン・バルジャンの話を

アンジェイ・ワイダの描いた
地下水道

悲劇的な結末を暗示した
その背後に見える
祖国への思い

歴史の舞台ともなった
下水道の話を

そして、今もなお
人々の暮らす大地の下
脈々と流れ行く
下水道の話を

かつて社会見学で
私のいる処理場に君が来た時
語りきれなかった思いを

今は
あの頃と少し違ったスタンスで
君に話を

モノクロの画像に

モノクロの画像に
雨が降っている―

ワルシャワ蜂起の後
ドイツ軍に包囲されたレジスタンスの部隊は
地下水道を通って、町の中心部に向かおうとしていた

隊員はやがて離れ離れになり
闇の中、ある者は絶望し
ある者は耐え切れず、マンホールから地上に出て
ドイツ軍に見つかり殺され

ようやく出口を見つけたと思った者も
そこは河へ注ぐ通路と知る

そんな絶望的な状況の中
先を行く彼らは遂に目的の出口を見つけたのだが
出口には頑丈な鉄柵が張られ
爆薬が仕かけられていた…

映画の予告編のように
そこで僕の記憶が途切れていて
さらに悲劇的な結末があったのかどうか
思い出すことはできない

古いモノクロの画像には
静かに雨が降っていて―

僕が覚えているのは
劇場の暗い闇の中で
息を潜め、食い入るように
画面を見つめていたことだ

*

朝早く

朝早く
シャンゼリゼの舗道を掃く人がいる

青い作業服を着て
歩道の散水栓から水を流して
掃き残したゴミやほこりを
下水道に流している

まだ店は開いていず
犬を連れ散歩をする人の姿が目立つ
地下鉄に乗り、グランド・アルシェ（新凱旋門）へと向かう

出口で少し迷って
立ち上がる巨大な構造物を見つけて仰ぎ見る
あたりを包む霧の中
遠くにわずか凱旋門が見える

一息ついて、もう一度パリ市街へ
セーヌに沿って地下を流れる
パリの下水道見学へと

やがて、霧も晴れてきて
僕は、旅の最後の日を
一人、足早に通り抜けて行く

カフェ

「パリの下水道」の開くまでには
少し時間があった

地下鉄を降りて
凱旋門の近くを散歩することとする

シャンゼリゼでは
流れる水で、すっかりきれいになった街路に
コーヒーの香りが漂っていて
私はカフェで軽い朝食をとる

明日は、いよいよこの街を去る——

これからの一日
いかに過ごすかを考え、店を出る
まずは、「パリの下水道」を見るとするか

地図を片手に
セーヌ川左岸の
レジスタンス広場に向かう

パリの下水道

レジスタンス広場の脇に
「パリの下水道」の入口がある
入っていくとガイドが待っていて
三々五々集まった見学客を引き連れて歩いていく
後尾の方にもガイドがついていて
つたない英語で話しかけると
私の方に興味深げな目を向けて応えてくる
彼は、日本にも来たことがあり

日本が好きだということだ
仕事で？　と聞くと
プライベートでと答える

聞くと、彼は日蓮宗の信徒で
その関係で日本を訪ねたというのだ

彼は、なおも信じる教えについて
私に問答を仕掛けてこようとしたが
私が、熱心な仏教徒ではない、と告げると
話題は訪れた町のこととなった

京都にも行きました
素敵な町でした、と語り続ける彼の言葉に
少し辟易としながら

先を行くガイドに追いつこうと歩を早め
展示されたパリの下水道の歴史を眺め
いくつかの道具を眺めていた

一通り回ると記念グッズを売るコーナーもあったが
何を買ったか買わなかったか
今では定かではない

帰り際に彼と握手し
日本でまた会えることを楽しみにしている
と告げたことを覚えている

広場に出ると
明るい空が広がる

橋を渡り、振り返ると
セーヌ川を隔て、エッフェル塔が見えていて
新しい世紀へのカウントダウンを表示していた

ボジョレ・ヌーボー

「パリの下水道」の見学を終えて
オランジュリー美術館に向かった

モネの「睡蓮の間」に入ると
思ったより人も少なく
ゆったりとベンチに座って
ひと時を過ごす

どれほど時間が経ったろうか
やってきた人々の話す日本語の会話に
現実の世界に戻され、館内を一巡りする

ルノワールやセザンヌなど
印象派の画家だけでなく
多くの作品を堪能し
もう一度「睡蓮の間」に立ち寄って
街に出た

外気は肌寒く、空腹を覚えた僕は
ひとりで食べる昼食を買い込もうと
立ち寄った店で
ヌーボーに出会ってしまった

今日はヌーボーの解禁日
少し重たくなった鞄を抱えて
私は北駅の近くのホテルへと帰る

マナー&ファッション

中世のパリの街では
紳士は道の中央を歩き
淑女は道の端っこを歩いていた

なぜって
それは、街路を挟んだ家々の
たまった汚物が頭上から
投げ捨てられていたから

たとえば「水に注意!」
そうは言ってたらしいのだが

通行人はざぶりと浴びる
それを避けるため
淑女はパラソルを持ちハイヒール
紳士はマントをまとうこととなる
マナーやファッションなんて
そんな風に生まれるものさ

今では
狭い道で
車の危険にさらされ
道の内側を歩くのは男
雨の日は〝か弱き性〟のため

傘をさし出し
車の水しぶきを浴び——

そして二〇一二年
新しい時代の危機は

それらをはるかに超えて
たとえば、津波や放射能の雨
温暖化による洪水に
耐えうる現代のファッションを
新しいマナーとともに要求している

ベルサイユの薔薇

ベルサイユ宮殿には
トイレがなかった

正確に言うと
椅子式便器が２７４個ほどあったというが
—鏡の間はあっても
　トイレの間はなかったので

廊下やいたる所は
臭気ふんぷん

パーティの夜は
ペチコートをした女性たちが
庭の木陰で恋をささやき
用を足していた

暗がりの中に乱れ咲いた
ルイ王朝の豪華絢爛な
ベルサイユ宮殿

その庭園に咲く薔薇は
何を見ていただろうか
棘のある枝に支えられ
膨大な汚物にまみれながら

*

マナーハウス

ＣＩＷＥＭ*との技術交流の発表会は
シェイクスピア生誕の地
ストラドフォード・アポン・エイボンで
開催された

私はその一員として参加
ささやかな報告を作成
発表した

会場のマナーハウスは
貴族の屋敷跡とかで瀟洒な造り

入口のホールには暖炉があった

落ち着いた雰囲気の会議室で
慣れないプロジェクター
準備した英文原稿を読み上げ
終るといくつかの質問に立ち向かう

下水汚泥の有効利用と言っても
作られた煉瓦や石材化施設のコストについてだとか
こちらも知らぬ先端技術への質問もあり
他のメンバーの助けも借り何とか切り抜け
やがて、白熱した会議が終わり宿舎に戻る

明日からは楽しみにしていたフィールドビジット
それに先立ち、シェイクスピア関連の施設見学もある

日本とイギリスの下水道技術や文化について
飲み物片手に議論が花咲き
俄然出てきた元気と共に
遅い食事に街に出かける

＊英国水環境管理協会

シェークスピアはご存知？

主催者側の歓迎の気持ちを表して、ということで
ホテルのレストランで夕食のご馳走になった

イギリスは初めてですか
という質問に始まって
当地では何がうまいかと
そんな論議から
ついに
シェークスピアはご存知ですかと
わが日本側技術陣の一般教養を試すような質問が始まる

ええ、知ってますよ
彼は日本ではポピュラーで
例えば「ハムレット」「リア王」、それに「真夏の夜の夢」
私は、劇も見たことがあります

ところで、アプトンさん
あなたは日本に来られたことがあるとのことですが
日本の伝統芸能を見る機会はありましたか
例えば、能や狂言、歌舞伎など

言葉に詰まっていた隣の事務局長の助太刀を買って出たのだけれど
私だって、そんなもの一通りしか見たことがないのだ

けれど、彼も
日本の伝統芸能はほとんど見たことがない

一度、舞台を見たいものだと言って

そこで一息つき
ようやくメインディッシュのマスの料理を食べ終わり
ワインのお代わりをすると
アプトン氏
再び、シェークスピアについて語りだそうとする

明日の会議終了後の関連史跡の訪問、とても楽しみです
あなたも日本に来られたら京都においで下さい、案内します

冷や汗と、負け惜しみにまみれた会話もやがて終わり
彼らを送った後

私たちは、表に流れる川風に当たりながら

スワン座を背景に
街灯に照らし出され、水面に浮かぶ
白鳥の群にしばらく見入っていた

フィールドビジット

フィールドビジットの初日
近郊の小さな処理場で
回転円板法なるものを初めて見ることとなった

覆蓋された中に
人の背丈に近い円板が何枚も串刺しにされたような装置が
ゆったりと動いていた

仕上げは葦を繁らせた酸化池で
水は、十分基準をクリアして放流されるという
案内の技術スタッフの説明と資料に

質問をすると
ユーモアにあふれる答えが返ってくる

砂利などで敷き詰められた敷地の周りには
簡易なフェンスが取り囲み
道に沿って植えられた木々の向こうには
放牧地が広がり
羊たちが群れていた

ウェールズの風車

なだらかな丘と平野の合間を縫って
車は走っていた

道路表記が
英語とウェールズ語の併記に変ったが
相変わらずの羊たちの群と、田園風景であった

いささか暇を持て余していると
突然、遠くの丘の上に
ゆっくりと回る風車が見えてきた

まるで風の谷のナウシカですね
と言うと
こちらでは、偏西風を利用して
風力発電が盛んみたいです
同行のＩ氏が説明する

午前中の見学を終え
昼食は副市長と共にする
あいさつの後、彼の質問に答える

丘の上の風車が印象的でした
自然エネルギーの利用は、私たちの課題です
そう答えると彼は、にっこりと笑い
この地でとれるマスを使った料理を勧め
ウェールズの自慢話を始めた

龍勝の棚田に沿って

龍勝の棚田に沿って
空に向かって伸びる道を
登っていた

山道の途中
土産物や食べ物を置く店で
竹筒に入ったおこわを食べて
一休みし

あたりを見ると
山小屋のような宿泊所が

あちこちに立ち並んでいた

頂上の展望台までは
石づくりの道が続く

見ると、集落の中を通る道の横には
浅い溝があって
ちょろちょろと水が流れている

雑排水の流れだろうか
観光客の落とす金と文明の汚れと
迎え入れる村人の豊かさへのあこがれが
ない混ざり、流れ落ちているようだ

頂上に着くと

私はそんな思いを振り払い
美しい風景に見入る

すると、何やらゆったりとした音曲が聞こえてくる

宿泊所の並ぶあたりとは
少し違う所だ

棚田に生きる人たちの住む所だろうか

まだ秋の気配の残る
稲穂のゆれる遠景の中
幟のようなものを立て
人びとの列が進むのを
眼下に眺めながら

あれは葬儀の列だろうか
それとも、と
交わされる人びとの会話を
背後に

私は
棚田の頂きで天を仰いでみる

西安幻想

スクリーンに現れる映像を見ながら
姉妹都市西安訪問について彼は語りだした

西安は古い都でありながら
大規模な経済開発が進められています
下水道整備は立ち遅れ
ご覧のように、排水路となった川は汚濁し悪臭を放ち——

私は彼の話を聞きながら
以前いた処理場でのことを思い出していた

西安から訪ねてきた研修生一行を前に

私が歓迎の言葉と、スタッフの紹介を
ちょっぴりかじった中国語でするど
わずかにざわめきが起こり

嫌気好気法とオゾン処理による
染色排水を含む汚水処理について、話を進める

そこからは通訳も入り
少々退屈だったのか、ざわざわとする中
語り終え、施設を案内する

放流口では、見事に川底の見える水路を見て
感嘆の声も上がり
これで、午前中の行程の終わりとなり
バスに乗って出る彼らを見送る

彼の話も佳境に入り
やがて、西安の合流式下水道改善のための
調査報告が終わり

何か質問は、というところで
私は、少し外れてますが、と質問をした
ところで、西安の空は晴れてましたか
空港に着いた時、調査で回った時

私は、その時
かつて訪れた広州の空のことを思い出していた

どんよりと曇って
太陽が、その向こうに隠されていた空

案内のタクシー運転手が
いつも、こんなです、と言いながら
　中山記念堂へと案内した

彼は、少し考えながら答えた
西安の空ですか、確か、曇ってました
大気汚染も結構進んでいて—

有難うございます
空も海も川も、きれいにするために頑張って下さい
と、そんな言葉が出そうになって

もうすぐ、そんな仕事ともお別れかなと
机の上のカレンダーを眺めていた

*

吐口《はきぐち》

激しく雨の降る日
河の畔を歩くと
濁った水の流れ込む
吐口がある

合流式下水道の
河につき出した喉元
とも言える吐口

そこに取り付けられたスクリーン
にからんだゴミ

たとえばスーパーのレジ袋や
空き缶の入ったコンビニの袋を
横目に見ながら

雨上がりの週末
河原に下りて
恋人と歩く

きれいな川よね
魚が泳いでる

そうだね
君の視線の届かなかった吐口には
残されたゴミがあったのだけど

あのゴミをなくすのが僕の仕事だ
と言ったら
君は何と答えるのだろう

きのう、あの吐口の奥で
光に満ちた川面の方を見ながら
僕は、君のことを思っていた

故障した機械の汚れにまみれながら

処理場風景

除塵機にかかって
揚げられてくるものがある

ビニールの切れはし
ラーメンの袋
生理用品

生活と生産の中で
生み出されすてられるすべてのものを
そこに見ることができる

時折り、豪雨の時など
もっと大きなものが流されてくることもある

例えばたたみ
丸太、枕木、自転車
エトセトラ

ここ終末処理場につながる
下水道管路
かつて時代の変革の一つの舞台にさえなった
地下深い闇の中を
流され、たどり着くものがある

静かに、時には激しい流れの中を

ここではハトが

沈砂池に群れるハトがいる
エサを求めて、住みついている
沈砂池は処理場の入り口だから
何もかもが流れてくる
揚砂機であげられた砂
洗われてコンベアにのせられた
黒っぽい砂の中に混じるゴミ

その中から、鳥の目で
すばやく食べられるものを見分け
ついばんでいる

コンベアの進み具合に合わせ
チョコチョコと歩いている鳩は
よく見ると、羽の色が妙に黒っぽく
まるで保護色のようだ

見上げると
空にはユリカモメの群がいて
おだやかな気流に乗って舞っている

鶏がケージの中で
飛べない鳥になったように
ここでは
やがて、ハトがカラスになるのだろうか

とすると、空を舞うあの鳥たちは……

そんな幻想にふけっていると
そこに、ユリカモメの群が
鋭く鳴きながら、舞い降りて来た

話題

新しい職場でも
見学案内は一つの仕事である
小学校四年生
ゴミや下水、環境問題を必ず学ぶことになっていて
バスや電車、たまに、歩いてやって来る

いつの間にか十年をすぎ
子どもたちの様子も少し変わってきて
先生の様子も変わってきた

見学が終わって

職場で話題になるのは
子どもたちの行儀の良さ、悪さ
引率の教師のこと

学級崩壊を予感させるような
危うい学校も幾つかあって
やはり、変わってきたなあと
厳しい世相評論

その上
若くて素敵な女教師がやってきた時など
見てないようで見てるんだと
感心するほどの観察眼

私も、きっと同じ眼で

見られているのだ

そう思うと
午後のコーヒーブレイク
心なしかほろ苦い味がして
眠気はどこかへ飛んでいく

流れるせせらぎの下で

マンホールの入り口で命綱を腰につけ
ステップを下りていく

深い闇の中に、それでも光が射しこんでいて
あたりの景色が見えてくる

流出のゲートを確かめ
上流の巨大な雨水貯留管を振り返る

地上では、流れるせせらぎが見えるだけで
その下に作られた都市を守る基盤施設は

いつも隠されている

議会という民主主義の仕掛けの中
費用対効果などという、はやりの言葉で
その可否が質され、説明がなされ
進められていく巨大プロジェクト

はたして、本当に必要なものを
この国で、この街で
私たちは作っているのだろうか

想定をはるかに超える津波が
あっけなく全てのものを呑み込んでいった
壮絶なシーンを思い浮かべながら

私は
竣工検査のための図面を片手に
背丈をはるかに超える管路の中に
入って行く

地の底の世界へ

マンホールの中を下りていくと
暗がりの中に水位計が見えてくる
竣工検査を受けるために準備をしているので
きれいなものだ
それでも汚水はそこにまで来ていて
静かに臭ってくる
かつて、故障した汚泥掻寄機を調べるために
処理場の沈殿池の中に下りていった時のことが

その時、よみがえってきた
汚泥にまみれた平行するステップを乗り移る時
握った片方の手をすべらせ
危うく落ちる所だった

地の底の世界へ

雨と川と一人の男と

連休には出番のないようにと
場内をひとわたり見て歩き、放流口に出る

車の行き交う橋の下には
ホームレスの人々の住まう小屋が数軒立ち並び
その上を汚泥圧送管が走っている

そこから放流口を見て
異常なし、かな――
そうつぶやくと、私たちは、流れに沿って歩き出す

やがて、いつもは流れのない川の犬走りに
忽然と、昨日今日作ったばかりと思われる
ブルーシートの小屋が現われる

雨が降ると、一気に水かさの増える街中の川だ
流されてしまう――
犬走りまで下りて小屋に向かう
空き缶集めにでも出かけているのだろうか
覗くと誰もいない
メモを置く、危険、ただちに撤退するように、と

土手の上では、植樹管理の業者が草刈りの真っ最中
日に焼けた少し年かさの男を見たと言う

もう一度見かけたら

事情を話して、ここから撤退するよう
伝えてくれ、そう言って戻る

連休に入ると雨が降った
谷間の出勤日、川へ行き
見ると、あの小屋は消えていた

その年、連休の後半は晴れ上がって良い天気だった
男の行方は誰も知らない

水の流れ
――あるいは時の流れについて――

手を差し出すと
洗剤の泡が流れ出てくる
蛇口からは水

手をこすり
水の流れにさらす

濡れた手は
勢いよく風にさらされ

自動化された
そんな世界になれてしまって

昨日駅前のトイレで
蛇口の前に手を差し出して
しばらくそのままでいると

水は出ず──

樹々のこずえで鳥が
さえずっていた

すると隣で
蛇口をひねり水を出し
洗い終わった手を

汚いズボンで拭っていた男が
不思議そうな顔をして出て行った

公園の近くの
橋脚の影を目指して

ライフライン

「入ってなかったんですね、ライフラインには」
「結局、水道とか、電気、ガスについてはあんなに報道しているのに」
阪神大震災発生直後のニュースを見ながら
処理場で働く私たちは語り合っていた

画面には、燃え続ける町や
倒壊したビル
横倒しになった高速道路
そんな衝撃的な風景の後
避難所の生活がいつも映し出されていて
そこで、たくましく働くボランティアの姿もまもなく現れるのだが

ライフラインの一つであるはずの
下水道施設のことは、ついに出てこないのだ

やがて、下水道に関わる話が
報道の合間で流されることもあったが
それらは、あふれそうになった仮設トイレのことや
トイレ掃除の当番のことで

もしかして
ライフラインともてはやされてはいても
終末処理場という言葉のとおり
最後の最後ということになるのだろうか

私には

地中で寸断された下水道や
傷だらけの処理場施設の姿が
スクープを続けるテレビ画像の向こうに見えてきて
復興に向かおうとする都市の、不安な構造を語りかけてくる

呪文のように

処理場という呼び方が時代に合わないからと
新しい名前を付けることとなった

部長の下にチームが作られ
職員にお知らせの文書も出すという

確かに、今やカタカナの表記が大はやりで
水再生センターだとか浄化センターだとか
よその都市でも看板が変えられていた

そのままでも良いのでは、と

その場で具申したが
とにかく考えろとのこと

しばらくして
二、三のそれらしい案が出てきて
最終決める時は、もう少し上のあたりで
これが良い、と決まったのだろうか
○○水環境保全センター、ということになった

ちょっと舌を噛みそうかなという声もあり
○○処理場の××ですとか
○○センターの××ですという電話の応答も多かったのだが
やがて、フルに言う者も多くなってきた

一呼吸入れて言うので

その間に落ち着き身構えることもできる

電話の初めに、長い長い名前を名乗らねばならない会社はいくらでもある

今では、ジュゲムジュゲム…と
呪文のように唱えながら
電話に出た相手に少し肩透かしをして
処理場がクリーンなイメージに生まれ変わりました
とごまかしている

*

錬金術師たち

ある湖の流域下水道の汚泥から金が産出される
という話は
その世界に携わる人々の間では
あまりにも有名な話である

一帯の貴金属を多く含む地層から金が下水道に溶け出したり
周辺の工場で基板などに使った金メッキの排水が流れ込み
焼却灰の中から
結構な量の金が出るのだという

そう言えば

下水汚泥から貴重資源となっていくリンを回収する
という話も、よく聞く話

現代の錬金術師たちとは
冷徹に科学するエンジニアや
ひょっとすれば
窒化ガリウムから青色ＬＥＤを生み出した
科学者たちを指すのかもしれない

ところで
ウランからプルトニウムを産み出し
人類の未来に危機をもたらし
日々生み出されていく原発の汚染水を前に
除染装置などといういかがわしい言葉を生み出し

金儲けを重ねる
本家本元のイカサマ錬金術師たちがいることを
忘れてはならない

もう一歩前に

もう一歩前に
という張り紙を見て
ぼくは、壁に向かって立っていた

帰り道立ち寄った
ホームセンターのトイレの中で

目を下に向けると
そこには的のシールが貼られていて
ぼくは、態勢を整えていた

かつてドイツを旅した時
ストールの中に貼りつけられた蠅に向かって
人々が放物線をえがいていた風景
を思い浮かべながら

隣を見ると
ストールに一歩近づき
明らかにその的を狙う隣人がいて

ぼくは
自分の立ち位置を見つめていた

臭いの記憶

包丁の先でゼイゴを取り
腹を割いて内臓を出す
流しが生き物の臭いに満ちてくる

ひと時
この生臭さにあふれていた場所の記憶が
私の中に甦ってくる――

それは、故障した機器の点検のため
ひと時水を引いた最終沈澱池
その中に初めて入り

私は強烈な臭いに圧倒され
掻寄機に残る汚泥を洗い流していた

家に帰る電車の中
まとわりついていた臭いに
敏感に席を離れた乗客のことを思い出しながら
私は髪を洗っていた

そして今
血糊の付いた手を洗い
包丁を洗うと

そんな記憶を振り払うかのように
湯通しした青菜のしずくを払い

私は、休日の夕餉に
家族と向き合って座るための
料理の仕上げにいそしむ

*

空

1

青い空に
白い軌跡が二筋
東から西に
西から東に
山の向こうで交わっているようで
空を仰いで歩いていると
遠い世界が見えてくる

2

窓際にある席が
ぼくの席だ

そこは特等席で
四角く区切られた枠から
処理場の風景が見える

沈殿池の水面に
空の青さが映っていて
鴨がその空に漂っている

3

夜空に　星が輝く

冬の日は
星の光もゆらめいていて

振り返ると
街のあかりが　雲を照らし出していて
そこには星の輝く空はない

つい先程まで
僕も　あのあたりを歩いていて
今は、星空の下
帰り道を急いでいる

夜更けて

夜更けて、外に出る
ひんやりとした風が気持ちよく
体を動かしてみる
空を仰ぐと、少しよどんでいるが
星が輝いている

低いブロックの垣に座ると
どこからか、音が聞こえる

マンホールの下からだ
だれかが、一日の汗を流しているのだろうか

近くの高架を走りぬける車やバイクの派手な音に
かき消されながら

耳を澄ませば聞こえてくる
そんな音もある
地の底を確かに流れるものがある

小夜曲《セレナード》

夜遅く
美しいメロディが流れてくるのを
耳をそばだてて聞いていた

居間のソファーに腰かけ
ひとり
君のことを想っていた

本当のことを言うと
蛇口からは、ひとしずく
水がふくらんでは

落ちていただけだったのに、ね
やがて、朝になると
光のしずくが部屋に満ち

そこには
君のきりりと美しい姿が
映し出され

流れる水とともに
生きる力があふれ出てきて

君と僕の一日は
きっと、そのように始まる
きっと、そのように――

あとがき

詩集『記憶《メモリアル》』を出して十年を迎えます。

詩集発行の翌二〇〇六年、個人誌「Soliste」発刊の言葉で、私は、詩を書くことをSolisteとして、というサブタイトルと共に次の言葉を記しています。

―懸案の個人誌の発行に踏み出そうと心を決めたのは、これを機会に、より新たな地平に、自身を押し出すためです。―

果たして、新たな地平に向けて歩き出した私の足跡を記すことが、この詩集を作ることでできたでしょうか。

「地下水道」というタイトルで詩集をまとめようと、構想ができたのは、東日本大震災の後、仙台の詩人を訪ねた時のことでした。

以後、私の心の中にあった詩集発行への思いに火をつけ、後押しをした詩人の期待を背負って書き続けてきました。

これまでに書きためた作品の中から、下水道に関わる作品を選び、詩集としての流れを作るための書下ろしを加え、ようやく発行の運びとなりました。

作品の評価については皆様方にお任せするとして、その他のことについて少しだけ語ることとします。

表紙は、下水道の写真で優れた作品を撮り続けておられる白汚零氏の写真となっております。地下水道のイメージを沸々とさせる写真です。

また、扉の写真には娘の写真を使いました。関西詩人協会の「詩画展」で「吐口《はきぐち》」の作品に合わせて撮ってもらったものです。

詩集『地下水道』は、今回も竹林館から発行することとしました。

竹林館は、私も参加する関西詩人協会のアンソロジーを発行するなど、文芸中心の出版社で、社主の左子さんは、著者の意向を大切にし、編集にあたっていただける方で、暖かい助言とお世話をいただきました。本当にありがとうございます。

そして、詩集発行に向け、いつも言葉をいただき続けた仲間の皆さん、引き続き、私の創作を支えてくれた家族に、熱い感謝の言葉を贈ります。

二〇一五年、春近い日に

岩井　洋

岩井 洋（いわい・ひろし）

1948年　北九州市生まれ
1966年　大学進学とともに京都へ
1971年　京都市に職を得て上下水道局に勤務
1974年　京都詩人会議再建に参加
1989年　詩集『囚人番号』（私家版）発行
2006年　詩集『記憶（メモリアル）』（竹林館）発行
現在　詩人会議会員、関西詩人協会会員
日本現代詩人会会員、日本詩人クラブ会員
個人誌「Soliste」主宰

〒606-0021　京都市左京区岩倉忠在地町277-9　有松方
HP　岩井洋の詩の世界（http:// iwai.sakuraweb.com/）

岩井 洋 詩集　**地下水道**

2015年2月17日　第1刷発行

著　者　岩井 洋
発行人　左子真由美
発行所　㈱ 竹林館
〒530-0044　大阪市北区東天満2-9-4　千代田ビル東館7階FG
Tel　06-4801-6111　Fax　06-4801-6112
郵便振替　00980-9-44593　URL http://www.chikurinkan.co.jp
印刷・製本　㈱ 国際印刷出版研究所
〒551-0002　大阪市大正区三軒家東3-11-34

ISBN978-4-86000-297-8　C0092